AF348265

*25 février 1880*

*Notice Biographique*

VENTE

DE

# Tableaux & Aquarelles

PAR M. ÉMILE

# BÉNASSIT

# VENTE

DE

# Tableaux & Aquarelles

PAR

# E. BÉNASSIT

*Le mercredi 25 février 1880, à 3 heures*

## HOTEL DROUOT

Salle N° 3

---

*Exposition publique le mardi 24 Février 1880*

de 1 heure à 5 heures 1/2

---

| *Commissaire-Priseur :* | *Expert :* |
|---|---|
| M<sup>e</sup> L. TUAL, | M. P. DETRIMONT |
| Successeur de M. Boussaton | M<sup>d</sup> de Tableaux |
| 39, rue de la Victoire, 39 | 27, rue Laffitte, 27 |

Chez lesquels se trouvent le présent Catalogue.

# CONDITIONS DE LA VENTE

Elle sera faite au comptant.

Les adjudicataires payeront *cinq pour cent*.

PARIS. — IMPRIMERIE ALCAN-LÉVY, 61, RUE DE LAFAYETTE.

M<sup>r</sup> E. Bénassit, dans le vaste royaume de la peinture, s'est créé un petit monde Louis XVI et Directoire, où il est à peu près maître et seigneur. Ce sont chevauchées de gentilshommes en habit rouge, haltes devant des grilles de château, retours de chasse, traversées de village. Luxe et belle humeur, telle est sa devise.

Depuis plusieurs années déjà, les amateurs ont appris à compter avec M. Bénassit, qui est doué à un haut degré de cette qualité de l'esprit, une des expressions par excellence de l'école française. La collection qu'il livre aujourd'hui au public est comme le résumé d'une période d'élégance naturelle et de coquetterie de race qui n'existe plus qu'à l'état de souvenirs.

Voyez plutôt l'aimable toile intitulée : la *Petite Entrée*. Un jeune seigneur est descendu d'une chaise à porteurs et se dirige, une clef à la main, vers une porte pratiquée dans l'épaisseur d'un mur. Derrière lui, les porteurs ont l'air de sourire. Si, par hasard, la clef n'allait pas ?..... Rien de plus léger que ce drame soupçonné ; rien de plus délicatement indiqué.

Le *Coup de l'Etrier*, dans une rue d'un bourg de Bretagne, se fait remarquer par la finesse du ton et la justesse du mouvement. On peut en dire autant de *Porte Close*, dont l'exécution solide s'allie parfaitement à la mélancolie mystérieuse du sujet.

*Au Bord de la mer* est encore un fort bon

tableau. Le mouvement par lequel le général raffermit son chapeau est charmant de vérité.

On s'arrêtera beaucoup et l'on rira devant l'*Homme de loi dans l'embarras*. Le pauvre homme est touchant et comique à la fois : un coup de vent a enlevé sa perruque et dispersé ses papiers au milieu du chemin. Forcé de mettre pied à terre. il contemple son désastre avec des yeux effarés. C'est le triomphe de la peinture spirituelle.

Je pourrais continuer à citer et à noter. Tous ces petits tableaux sont facilement enlevés et ne sentent point le travail ; on dirait qu'ils sont nés comme les fleurs, dont ils ont la coloration brillante et variée. C'est jeune, frais, aéré. Les paysages sont traités librement, les cieis hardiment faits ; les chevaux hennissent et frémissent sur leurs jambes sveltes ; il y a de la gaité dans les uniformes, — témoin ce petit groupe de guides qui s'apprêtent à passer un bac.

De cette jolie collection, ainsi que des aquarelles

qui l'accompagnent, il se dégage une personnalité à laquelle l'enjouement ajoute un caractère peu commun. Peintre des belles compagnies, M. E. Bénassit est destiné à jeter sa note sémillante dans les appartements à la mode du dix-neuvième siècle et dans les cabinets des connaisseurs.

CHARLES MONSELET.

# Désignation

## TABLEAUX

# AQUARELLES

**36.** ## Chasseurs de la Garde
**(1ᵉʳ Empire)**

**37.** ## L'Arrivée

RED. :

20

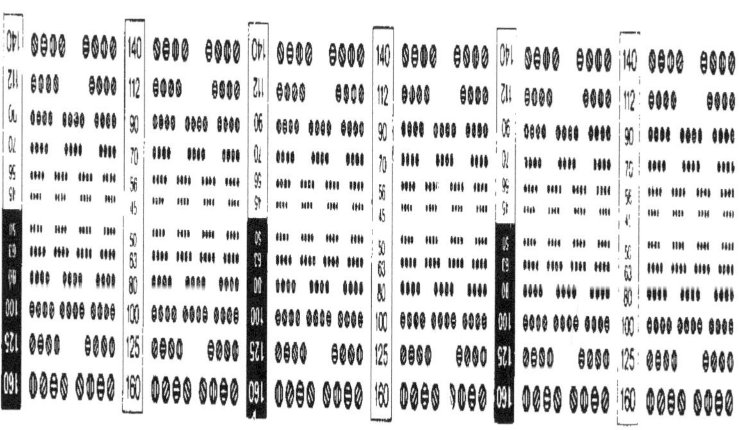
MIRE ISO N° 1
NF Z 43-007
AFNOR
Cedex 7 - 92080 PARIS-LA-DÉFENSE
379.89.70
graphicom

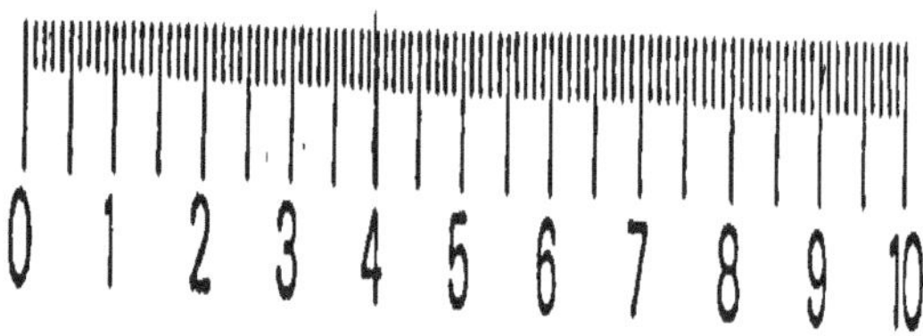
0 1 2 3 4 5 6 7 8 9 10

# BIBLIOTHEQUE NATIONALE DE FRANCE

****

# CHATEAU DE SABLE

1995

www.ingramcontent.com/pod-product-compliance
Lightning Source LLC
LaVergne TN
LVHW010838180726
843502LV00009B/3621